KB147909

전우주 시집

우린 서로
따뜻하게 놓아주는
법을 배웠다

전우주 시집

우린 서로
따뜻하게 놓아주는
법을 배웠다

프로방스

Prologue
들어가는 말

가엾은 그리움은 낡은 서랍에 넣어 주시오

멋지다 좋다 그리고 보인다. 시가
저는 이렇게 정의하고자 합니다
시는 아름다운 공기인 것 같아요
때론 살짝 기울어진 나무 같기도 하고
너무 무거워 보이는 꽃잎 같기도 하고
쓸쓸한 바람 같습니다

그만큼 좋다는 거예요
하나부터 열까지 늘어놓는 긴장들이
그렇게 툭하고 떨어뜨릴만한 시가 없을까
한 여인이 지나 간다 향수가 난다
옷이 흘러내린다 짙은 와인색이다. 시다

시는 그렇게 보이는 대로

문법도 없이 문장도 삐뚤어지고

약아빠진 단어로도

섹시함을 읽어 내릴 수 있는 것이라면 시다

때론 비겁하게

때론 이기적으로

때론 궁상맞게 잘 모르는 단어들을 숨긴 채

고요하게 자신의 마음을 은근하게 써내려가는

하지만 그럼에도 그 시절 그 마음은 시다 라고 쓸 수 있는

아마도 그러할 게다

시는

2021년 6월

전우주

Contents
차례

[제2장]
엘레강스 별것들

[제3장]
보통의 시간에 놓은 귀한 것

그리워서 서둘렀습니다

제1장

애간장이 다 녹은
봄의 그리움을
감사할 수 있을까

그대 봄은 알고 있소

봄은 오겠지요
2월에 남은 겨울바람
빌려서라도 봄은 오겠지요

없이 사는 이에게 봄은
아파 오지 못한다 하지는 않겠지요

붉은 매화가 있는 곳에
딱 한군데가 있다고
지도 한 장
건네주는 것은 아니겠지요

간곡하게 기도하면
풍경처럼 온다고
명패를 조각하며
기다리라는 것은 아니겠지요

딱 한 해가 지나면
가엾은 마음을 채워주겠다고
오시는 건 아니겠지요

낙엽을 닮은 마음이 만들어지면
눈이 녹은 물처럼
흘러오는 것은 아니겠지요

일지를 기록하며
손가락을 다 접어야
님아 여기 있노라하고
차장 너머로 빼꼼히
쳐다보는 것은 아니겠지요

쉼표를 마침표라 오해하며
혼자 먼 길을 찾아
헤매는 것은 아니겠지요

그리워서 서둘렀습니다

오늘은 봄
내일은 잘 모르겠더라도 그리 부를 줄 아는
봄 같은 마음을 가져보자
정신없이 굴다가도 딱 봄바람이 입술을 촉촉하게 만들면
두 입술을 다물고
솜사탕처럼 사르르 녹아보자

개나리가 온다고 하거든 아카시아를 부른다고 말하고
아카시아가 묻거든 개나리도 잘 있다고 말해두자
피어날게 많아도 헤질 것이 많으니 꼼꼼하게 살펴보자
일단은 맛있게 먹고 보라 재촉해도 이것은 내 새끼가 먼저다
애끼 손가락만한 꽃잎은 따로 두자
그러다 늦었소 하고 꽃이 고개라도 숙인다면
그래도 예쁘네 하고 안아주자

아직은 2월이라 머쓱다하면
그만큼 네가 보고 싶어 그랬다고 두 팔로 잡아주자

꽃을 아느라 봄은 늦게 알게 되면
뒤늦게라도 미안하다 말해주자
봄이 오기 전 미루어진 결제는 설렘으로 정산하자
봄이 오는 날 맛있게 먹어줄 수 있도록 입안을 씻어내자
사랑한다, 좋아한다, 행복하다 단것들만 가득 메운 예쁜 말로
봄을 아름답게 만들어 보자

그리해도 애간장이 다 녹은 봄의 그리움을 감사할 수 있을까

사랑한다, 좋아한다,
행복하다 단것들만 가득 메운 예쁜 말로
봄을 아름답게 만들어 보자

마음속에 꺼내야 봄이다

봄이 오면 비울 것도 채울 곳도 생각하지 말자
꽃피는 동산에 놀러갈 생각만 하자
힘겨워 하는 꽃엔 바람을 조절해 주고
너무 이른 꽃 몽우리는 괜찮다 토닥토닥 어루어 만져 주자
우리도 그랬듯이 봄도 긴장을 한다
어두운 밤에 별빛이 튀어 땅에 떨어지기도 하고
한겨울 불을 지핀 불꽃이 되살아나기도 한다
아직 눈치 보는 아카시아 따로 간다고 얘기해 주고
남은 꽃잎은 너른 양지에 놓아두고 햇살에 적셔
꽃 튀김을 해보자
달콤한 게 천지라도 그 맛은 천국에서도 탐을 낸다
그러다 먼저 잡은 손에 한 잎씩 그 맛을 알도록
쌉싸래한 맛은 익혀두자
이게 첫 맛이다
처음은 보기보다 싱숭생숭 어리둥절하다
사람 맛이 그렇듯 세상만사가 다 그렇다
팝콘이 톡톡 튀기는 조팝공원에 가면

일찍이 단맛을 알아 본 자들이

줄을 서서 한 움큼 구매를 한다

꽃도 급하면 체한다

한 잎씩 똑똑 따서 목젖 깊이 넣어두고 은근하게 삼켜보자

그러다 사리라도 걸리면 그리워서 그랬다

미친 듯이 까르르 웃으며 넘어가자

또 봄이 왔구나 꽃을 파는 할인 마트에서 구입된 봄 말고

재래시장 쭈글한 할매 소쿠리에 담긴 그런 봄을 맞이해 보자

또 봄이 왔구나

꽃을 파는 할인 마트에서

구입된 봄 말고

재래시장

쭈글한 할매 소쿠리에 담긴

그런 봄을 맞이해 보자

바람이 내려앉는 날

하늘에 떠돌던 바람들이
건물 사이를 빠져나와 지붕 위에 머물렀다
소원하나 들어줄 모양
마음을 뒤숭숭하게 만들어 놓는다

바람 한 점 창문을 두들기면
생각 한 줄 태워 올려볼 테인가
끄적이듯 지붕을 툭툭
신호를 보내고
아시다시피 나는
말할게 많습니다

얇은 연바람
붉은 매화로 변장을 하고 숨어들어
표정을 바꾸고
이름을 바꾸어
창틀에 앉아있다

나는 아무개도 아니요

멋쩍은 표정으로 같이 마주 본다
그냥 불러주면 불러주는 대로
앉아있는 샛바람이요

출렁거리는 차창에 말들이 많아진다
이제부터 희망의 시험이 시작이다

졸업식

파이팅 주먹 불끈 안개꽃을 쥐고
웃음 뒤에 나는 울었다

눈에 꽃이 피고 이마에 안개꽃이 내렸다
고마워

그 입술도 꽃이었고 듣는 귀도 꽃 이었다
그렇게 봄은 눈물이 주는 꽃으로 가까스로 치장을 했다
눈물을 빼앗기기도 하고
눈물을 훔쳐오기도 했다
사진을 찍은 놈도 도둑놈이고
사진을 찍힌 놈도 도둑놈이고
서로 가장 아름다운 사진을 주고
자랑을 했다

우리는 그날을 마지막으로 생애 최초 영정사진 한 장씩 찍어 놨다
안녕 나의 소피아, 안녕 나의 루이스

각자가 불린 이름으로 오미희 김명자라는 이름으로

죽을 때까지 안개가 모래알로 묻어질 때

서로 바라보기까지 꽃으로 사라졌다

눈에 꽃이 피고

이마에 안개꽃이 내렸다

우정

무심코 밟은 곳에서 바스락 소리
고개를 들어 하늘을 보았습니다
참 예쁘더군요

안 좋은 일이 있다고 깊게 한숨을 쉬면
하늘이 별로 좋아할 것 같지 않았습니다
다시 좀 걸었습니다

내가 생각하는 마음은 수직상승하여
어둠이 가린 구름에 별이 맞은 듯 했습니다
미안하다 내가 또 실수했구나

마른침을 삼킨 채 머릿속을 떠다니는
수많은 생각들이 캄캄했지만
어쩌면 맑은 하늘에서 혼자
먹칠을 하는 것인지도 모르겠다는 생각을 했습니다

새삼 미안할 것도 멋쩍을 것도 없는 하늘과 나 사이
그래서 어느 날 또로로 마음이 굴러가면
하늘은 내 기분에 따라 색을 달리하며
오늘은 반짝 내일은 똑똑 비가 내렸나봅니다
그러고 보니
고맙다는 말도 못한 채

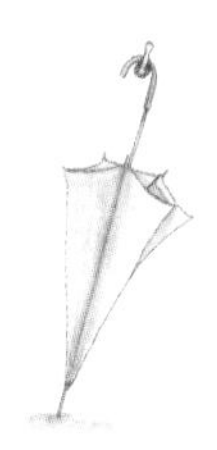

오늘은 반짝
내일은 똑똑 비가 내렸나봅니다

빛나리

풍만하게 불어오는 바람보다
머리카락 끝을 살짝 건드리는
한 줄기 바람이
더 애절할 때가 있다

꽃이 잔뜩 피어오른 봄에
부는 바람보다
그동안 잘 지냈다 낙엽을 쓸어내는 바람이
더 당당하고 멋질 때가 있다

고독도 아니고 외로움도 아니다
괜찮은 척은 더더욱 아니다
그까짓 것
좀 혼자면 어떠한가

능소 위에 홀로
꽃으로도 봄은 온전히 다 맞이하는데

그대 혼자 외롭게 서있다고
외로움이 아니다
내 자신을 당당하게 보내는 시간이다
마음이다
꽃 같은 모습이다

울지 마라
울 것도 없지만 운다고 달라지지 않는다
그대는 그대로도
아름다울 빛
지속할 나
영원할 리이다

울지 마라
울 것도 없지만
운다고
달라지지 않는다

봄길

너무 보고 싶어 입술은 한쪽으로 기울어져 쭈욱
안녕하세요 어디쯤 오세요?
네 빨리 오시는군요
피어있는 꽃보다 오시는 바람이 더 그립습니다
당신은 내가 어디쯤에 피어있는지 아시나요

나는 그대가 상상하는 어귀쯤에 있습니다
네, 보고 싶어 죽겠다는 거예요
애처롭게 기다리는 마음
아 가엾어라
하지만 괜찮습니다 그 정도의 고단은 거뜬합니다

당당하라고 심어주신 이곳이 마음에 듭니다
그리고 저는 더 예뻐지고 있습니다
그냥 지나가면 어쩔 수 없죠
하지만 다시 돌아오리라 믿습니다
나를 만든 당신이니까요

꽃은 꽃으로 서있는 시간을
기다림이라 생각하지 않습니다
당신이 없어도 준비할게 많거든요
그러니 늦어도 괜찮습니다

천천히 어서 오세요
하지만 왔다면 나를 지나가주세요
내가 바로 당신이 시작하고 싶은
길입니다

그래서 사랑이 된다면

잠잠히 다가오는 말들
의외로 솔깃해 집니다
앞으로 한 줄씩
관찰해 부여합니다

귀감이 됩니다
아직 뭐라 단정할 수 없지만
이미 읽어내고 있습니다

아 당신은 이런 사람이군요
좋은 사람으로 일단 정해놓고
다음에 다시 마주치면 우리
진짜로 인연입니다

그래도 두어 번은 만나지겠죠
그땐 우리
친한 척은 해주기로 해요

실은 앞으로 기대 되요

쿵쾅!

쓸데없이 지나치게 우쭐댄다면

내가 많이 좋아한다는 거예요 좋은 거예요

아직은

앞날도 그리 해주기로

아차 이것은 비밀인데요

사실 많이 기다렸어요

꼭 당신은 아니지만

적어도 실망스럽지 않았어요

다음에 만날 땐

꼭 나를 실망시키지 말아주세요

그 다음은

그 다음에 결정하기로 해요

오늘은 이 정도로 해요
충분히 셀렘은 만들어졌습니다

나쁘지 않네요 그리고 사랑이 시작되면
이때를 잊지 말아요
이게 시작이라서가 아니라
지금을 잊으면
정말 남는 것이 없을 것 같아서요
정말 가 봐도 되죠
이리 떠난 흔적은 꽤나 궁금하겠지만

다음에 다시 마주치면 우리
진짜로 인연입니다

워낭소리

석탑은 구름 위로 가지 못한다

구름은 딱딱하게 내려오지 못한다

분이 쌓일수록 무게는 여린 폐부로는 감당하지 못한다

바람은 뒤로 가지 못하고

바다는 거슬러 비가 되지 못한다

가지가 많다고 꽃이 많은 것이 아니고

뿌리가 깊다고 나무가 되는 것이 아니다

근심걱정 없는 이가 어디 있을까

욕심으로 화사하게 만들 것이 무엇이 있나

아주 편한 얼굴은 비의 무게만큼 가벼우리라

아주 좋은 얼굴은 구름만큼 뽀얗게 피어나리라

바람은 뒤로 가지 못하고
바다는 거슬러 비가 되지 못한다

내 사랑은 삽질인가요

제법 굵직한 녀석 캐질까
캐도 캐도 실뿌리만 나오는 것이 영락없이
오늘은 실패입니다

당신 지금 어디에 계십니까
꽤나 굵은 것으로 캐내도 잘 안보입니다
내 사랑은 삽질인가요

하루 종일 곱은대로 지냈는데
야박하게 또 이러시깁니까
살이 실한 녀석으로 하나 건져놓으면
나는 그것으로 며칠 먹을 생각입니다만
그것도 어렵습니까

이곳저곳 노댕기지만 참 찾아지지 않네요
보드랍고 살이 오른
순박한 손 한번 잡기가

이리 힘들면서
참 많이도
씨를 뿌리고 갔습니다

사계절 다되어도
이것만은
내 뜻대로 되지 않는군요

쉬운 마음이 아닌데도
위로의 말을 남겨두고 갑니다
당신 때문에
눈물 콧물
다 묻히고 갑니다

사랑이 칼에 베이면

그 누군가가 당신을 서서히 사랑하고 있어요 라고 말하면
나는 서서히 날카로움이 죽어가는 칼이 되겠지

처음엔 아니듯이
베다가
점점 그 말에 갈아지고 무뎌지는
그냥 쇳덩어리가 되겠지

얼마 후에 당신의 손잡이는 어디인가요 하고 물어보면
나도 내 것을 보고 앞뒤를 서툴게 만지다가 베이겠지
그게 고작 처음 내가 베인 상처가 되겠지

그리고 그제서야
내가 칼이었던 적이 있었구나하고 깨닫게 되겠지

누군가를 사랑하고 사랑한다면
베일 것은 줄어든다는 말이 들어맞는 것이겠지

흔들리는 것이 아니라 날카로움이 무뎌지고
예민한 것이 닳아 부끄러워지는 거겠지

함께 살아가려면
칼등과 칼날은 의미가 없어야 되는 거겠지
검은색이든 흰색이든 섞으면
고요한 회색빛
참선이 되겠지

그렇게 요란하게 적응하지 않아도
하나가 되겠지
그래서 바다를 삼키는
해가 생기는 거겠지

우리가 만든 바다이름은 사랑이었어요

그게 하늘인지 바다 끝인지
손 끝으로 하나 둘 짚어대고
눈썰미로 바라보는 수평선 저 끝엔
내가 모를 신비의 세상이 있을 거라는
믿음을 가질 때가 있습니다

바다 이야기는
누구나 가슴에 하나씩
상상으로 만들어 놓고 꺼내보며
이랬어 라고 바다를 하늘에게 설명합니다

갈 때마다 생기는 미련은
그만 얘기하고 이제 네 생활을 해 라고 말하는
그님 같네요

그런데 그럴 수가 없네요
그게 왜 안 되냐고 묻는다면

그대가 다음에 와서
내가 만든 바다를 확인해 보세요

당신 나를 그렇게
사랑했구나 하고 이해가 될 겁니다
그래서 제가 누누이 말했던 거죠
내가 만든 바다를 살짝 꺼내보라고
아직도 내 바다엔 당신과 만든 노을이 예쁘게 서있답니다

아직도 내 바다엔 당신과 만든 노을이
예쁘게 서있답니다

쿨함의 소원

오랜만이죠 보고 싶은 사람이 있어 찾아 왔습니다
이제는 적당히 그림자도 밟을 줄 알고
집에 들어갈 때 맥주 한 캔도 사들고 갈 줄 압니다
이 말은 이제
혼자 놀 줄도 안다는 것입니다

그래도 그 사람은 자꾸만 밟힙니다
그래서 그림자가 깊어진 골목길을 자꾸만
기웃거리고 다시 사라질 예정입니다
그 사람도 나처럼
이제 혼자 놀 줄 알았으면 좋겠습니다

그러다 다시 눈이 맞아지게
너무 보고 싶어지게
교묘한 방법을 찾으러 온 것이 아닙니다
혹시나 남은 운명이 있을까 찾아온 겁니다

그러니 바보 같다 하기보다는
괜찮다고 얘기해 주세요
그럼 더 오랫동안 보고 싶어 할 것 같습니다

그 사람도 나처럼
이제 혼자 놀 줄 알았으면
좋겠습니다

그날 오후에

비 오는 것을 감지했는지 그가
첫 만남이었던 찻집으로 나오라고 하더군요
구름은 벌써 한바탕 시내를 훔쳐서 먹튀를 하였지요

흰 백색 사기 잔이 올라오고
예쁜 거 아홉 알에 프리마 두 스푼
프리마가 스며들 쯤
그의 눈을 지그시 바라보고
검은색이 짙은 살색으로 퍼질 무렵
설탕을 넣고
설탕을 삼킨
유리잔 벽을 애틋하게
살그락 살그락 저었어요

그는 건네준 잔에
입만 한번 대고

내려놓고
아무 말도 하지 않고
물끄러미 비가 오는 창문을 쳐다보며
심심하게 잔기침을 흘리고
개운치가 않은지
물 한잔 따라 들이켜고
다시 커피 한 모금 들이켜고
가만히 핸드폰을 열어보고
그 안에 나열된 문자를 내리고 올려보고는

이게 다 우리 꺼야
이천십년 사월 이십일일
여기서부터 시작했네
너는 내 꺼를 잘 간직하고 있니
끄덕이며 핸드폰을 꺼내들자

아니야 열지 마 서로 힘들어져
테이블에 걸친 우산을 접어들고
아무 말 없이 나가버렸어요

그리곤 5분 뒤
미안해 내가 할 수 있는 것이
이게 전부야
차라리 내가 다 잘못했다고 하자

그제야 메마른 입술은
프리마도 설탕도 없는 커피 한 모금
마시면서 울었어요

차라리 내가 다 잘못했다고 하자
그제야 메마른 입술은
프리마도 설탕도 없는 커피 한 모금
마시면서 울었어요

집안에선 봄바람

소나기 한줄기 쏟아진 다음에
햇살이 일고 바람이 일고
그 틈을 이용해서 긴 그림자는 창문을 연다

바람이 불고 불어도 무사히 만져지는 내 마음에
잠 못 들까
수북이 쌓인 빗방울을 천천히 떨어뜨리는
하늘의 마음

그것을 고스란히 받아든 지붕 위에
꽃 피는 줄 몰랐겠지

수북이 쌓인 빗방울을
고스란히 받아든 지붕 위에
꽃 피는 줄 몰랐지

하얀 목련이 진다

바람 비 구름 달 그리고 낡은 우산
이로도 외로움은 충분히 아름다웠다

그래도 그런 그러하더라도
언제까지 앓는 저 별을
이유는 알지 못해도 잊지 못하는
사연
다시 목련이 피어나고 다시 하얀 목련이 져도
그래도 그런 그러하더라도
이로써 진다

그대 떠나고 빈자리에 제법 아문 달의 조각이
그래도 그런 그러하더라도
하얀 목련이 채워진다

그도 그럴 것이 아픈 가슴 빈자리에

그래도 그런 그러하더라도

하얀 목련이 진다

다시 목련이 피어나고

다시 하얀 목련이 져도

누구나 저녁은 온다

꽃 끝이 벌어지니 사방이 꽃가루를 뿌린다
무슨 날인마냥 없던 안개도 구색을 맞출 기색
정신 차려라 이것들아
언제부터 꽃 봉우리 턱을 괴고 안달복달 하였느냐
꽃잎의 그윽한 향기만큼 내 봄에도 신경을 써주어라
꽃그늘이 없이 생존하는 모든 그늘을
나는 사랑이라 부르련다

꽃잎에 몰려 감탄사를 지를 때
나는 떠나가는 것들을 향해
사랑했노라고 일제히 말을 하련다
다시 온다 말 못해도 가는 길이 꽃길이라 말한다

꽃잎이 화사하게 지는 저녁
다치지 말라 어둠으로 덮을 때
나는 떠난 이들을 하나같이 이름 부르며
그들의 흔적을 새하얀 면사포로 고이 감싼다

떠난 임들아

걱정 말고 먼 길 아프지 마라

조금씩 늙어가는 몸이 너희를 기억하니

바다에 빠진 시

바다를 안다는 건
나를 비우고 파도가 되어야 해
내 마음이 거품이 되어 파도에 철럭 빠져들어
흔들려 봐야 바다가 가진 고요함을 이해하지

햇살을 품은 에메랄드가 쨍그랑 깨지고
깨진 조각이 물결 위에 박아 놓을 때
비로소 바다는 한 사람 한 사람 사연을
파도에 박아놓지

한恨으로 파도를 막아서지 않아도
멀리서 온 수많은 말들을
임자가 있는 이들 앞에 알아서 토해내지

여명이 바다를 깨뜨리고
올라오면

깊은 숨을 내뱉으며
하고 싶은 말이 얼마나 많은 건지
쏜살같이 달려오지

여기도 철럭 저기도 철럭
누구의 가슴인지 몰라도
바다는 자상도하지
일면식도 없는 자의 마음을
다 받아주지

하루 종일 에메랄드 사파이어
온갖 귀중한 넋이 파도를 넘어서며
바다로 만들어가지

내 넋이 저 바다에 첨벙
뛰어들기 전엔
바다도 나를 모를 테지

순간, 모든 것은 거사에 달렸다

후두두 두르르 땅 위에 총알들이 퍼붓는다
너무 빨라
너무 많아
너무 무서워
눈 뜨고는 보지 못해 짐작으로 알 수 있는 상황
슬레이트 지붕이 맞았는가, 된장이 맞았는가
저런, 주연급 꽃들이 단역으로 다 죽는다

우두두 우두두 일어나는 온몸의 신경세포들
돈 앞에서도 꿈쩍 않던 각막도 동공에 맞아 튕겨 오른다
침묵하던 지붕들 기와와 슬레이트가 술렁이고
코너에 묻힌 화분들이 파르르 떨며 깨진다

한 번에 다 숨을 죽일 테다
김장철 풀죽은 배추마냥 우리는 파죽지세로 저려졌다
누구도 한마디 거들지 못하고 아이고야라는 말로
오롯이 절명적인 순간을 표현한다

그래 이 순간이다
절묘한 타이밍은 고요하고 심심하게 이루어진
뜨거운 온기를 한 번에 밀어버린다

지금이야! 지금이 키스타임
싱거웠던 기다림에 청출어람 같은 타이밍
키스가 문제가 아니라 용기가 문제였다

천복

말도 글도 참 따숩게 씁니다라는 말을 듣곤
입이 헤벌쭉하게 열어진다
떨어진 두 콧방울 붙을 생각하지 않는다
솟은 광대는 눈 밑에서 주책스럽게 늘어진 눈을 붙잡는다

가볍게 보이는 것이 아니라 행복해서 그런 것이다
말을 잘하고 글을 잘 쓴다는 것은
달변가에 선비 기질까지 타고난 천운이 아니다
진짜 천운은 나를 다스리고
이해할 줄 아는 힘을 붓게 한 기회였다

좋은 말 좋은 글을 보여야 겠다는 의도보다
기왕 하는 말 저 먼 타향 이국만리에서 오는 철새들도
여기 어귀 어디쯤에서 내 얘기를 듣고
좋네하고 고개를 멀쑥 내렸다 다시 질러가는 것이다

그래서 철새보다 내가 더 좋다

가볍다는 마음을 가질 줄 아는 진실하고 성실한 천복이다
이 습관은 노력하지 않고 날로 가질 수도 있지만
노력을 더하면 철새마냥 솟아오르는 가벼움이 있으니
관계의 범위는 하늘까지 닿았다

그게 말이고 글이고 생각이다
참 좋은 노력을 가진 당신
당신이라고 천복이 예외일까
사람들이 좋아했던 마음이 기금基金되어 몰려온다
당신의 마음을 따라 말을 따라 글을 따라
철새가 지나온 먼 길을
고요하게 타박타박 몰려온다

썬샤인

입안에 한가득 아 하면 넘실대는 파도가
시원하게 들이닥칠 기세
갓 따온 바다향이 입술부터 묻히며
들이친다

파도 바위 갈매기 그리고 썬샤인
수평 위에 올린 이름이 꽤나 많아
스케치에 옮길 때 공간이 부족하다

바다, 역시
너는 넓긴 넓구나
가르마를 타도 숱이 많아 소용없다

이래서 바다 바다 하는구나
벗겨질 것이 없으니
늘상 젊음이다

갓 따온 바다향이
입술부터
묻히며 들이친다

미완의 곡

향긋하게 울렁대며 다가오는 높은음자리표
나는 그 자리가 길어질 줄 몰랐습니다

낮고 낮은 중저음 목소리 저녁 7시 반
이 시간에 안주하는 평온은 무슨 일인가요
좋았습니다
집에서 좋아하던 솜베개
가슴을 얌전하게 누르는
느릿하지만 파고드는 리드미컬 속도에
나는 눈을 껌벅거리는 것도 놓쳤습니다

얇은 한 장에 울리는 파장의 공기
아무것도 아닌 것이 아닌
툭하고 튕기는 짧은 숨표자리에도
나는 미완성이지만

나는 당신이 가둔 시간에 머물러
피아노 건반에서 나오는 사랑을 타고 갑니다

나는 모든 게 필요하지만
당신 앞엔 미완의 곡
오래 펼쳐진 악보
끝날 때까지 세로줄입니다

나는 당신이 가둔
시간에 머물러
피아노 건반에서 나오는
사랑을 타고 갑니다

내 봄은 친히 너를 간호해준다

풀려버린 하늘 노곤해진 구름
게을러진 바람 틈 사이로
작은 몽우리 입술을 벌리기 시작한다
네가 바로 찔레꽃이구나
아직은 미숙한 소녀 그러나 제법 여색이 있다
일부러 꺾어 꽃병에 넣으려고
하지만 아직은 미숙하구나
죽을 수도 있겠다
사람 욕심이 이렇게도 잔인합니다
사람 욕심 이렇게 짧습니다
들에 많은 새싹들 죄다 죄인처럼 조심스럽고
누구의 대상으로 언제든 피해자가 될 수 있는
예비후보자

나 하나쯤은 괜찮다고 생각하면
모두가 민둥산이 될게 뻔하다
다행인 건 인간 욕심은 생각보다 짧다는 것

하지만 불안함은 여전하다
가시 떼고 꽃잎 떼고 야리한 자태지만
언젠가는 울컥 참을 수 없는 본능 앞에
서 있어야 하는 꽃들이 걱정된다

생각하면 다정하게 쓰다듬어 주는 것도 미안한 일
상냥하게 향기 맡는 나비와 벌보다 못하는 일
틈이 나면 문지기로 지키는 것도 못하는 일
사람 하는 일
사무실로 돌아가 잠깐 본 어린 찔레꽃 생각을 하다
봄이면 찔레꽃 그밖에는 생각나지 않는다며
메모장에 찔레꽃 꽃말을 적어본다
고독, 역시 내가 생각한대로구나

봄 여름 가을 겨울 모두를 지킬 수 없지만
내 봄은 친히 너를 간호해준다
아프지 않고 외롭지 않게 자존심을 지켜주는 일

순리가 허용 되는 일

그렇게 야무지게 핑계를 대는 일

차라리 한 번 더 찾아가면 되는 일

그리도 못하는 나약한 인간의 일

미안해서 순정만 생각하는 일

한참을 책상 위에 적어놓은 말들

올 봄엔 미안해서 그리움 이것으로

나도 너와 함께 운명을 다하기를

봄 여름 가을 겨울
모두를 지킬 수 없지만
내 봄은 친히
너를 간호해준다

비밀스러운
파란 물결이
짙어진다
우리의 희망도
짙어진다

제2장

엘레강스 별것들

낙엽을 밟았다는 건

낙엽이 밟히는 순간
빠사삭
깊은 호흡에서 나오는 소리
왜 이제야 왔냐며 다그치는 소리
내가 이 발길을 선택한건
앞서가는 사람이 이리오라 유혹하는
발걸음 때문이었다

이미 한참을 앞서간 임은 부를 것도 없고
나는 나주역 오후 세시
앞서간 열차에 참담한 소리를 듣는다
한걸음이 늦어 가을을 놓쳐버리다니
서성대는 발길에 낙엽은 이리저리 뺑소니를 당하고
사방에서 그만 울어라
바스락
역전에서 빼든 표를 날치기하기 바쁘다

낙엽이 깨진다고

사르륵

임 열차 붙잡지를 못한다고

사르륵

지나며 원성을 낸다

먼 곳에서 기차 울음소리가 들린다

누군가는 또 약속을 잡고

누군가는 또 약속이 끊어지고

기차는 상행선 하행선 정신없이 달려온다

내가 가을을 밟았다는 건

사랑을 잃었다는 것이다

이미 처참하게 온몸이 깨져 누워있는 가을은

벌써 볕들 날을 맞이한다

또 다른 약속 잡은 이들로부터

가을은 눈먼 벙어리 천지삐까리

가을은 소실消失의 계절
낙엽은 밟힐 때마다 소리 내어 질문을 한다

그대는 이번에도 멀쩡한가
정든 것도 아닌데
물어보는 질문에 답할 것이 없다
그래서 가을은 눈먼 벙어리가 천지삐까리다

초가을에 들어서자마자 여름 멋쟁이에게 기를 소진하고
남은 영혼을 나무 밑에서 태우는 소리
바스락
자아를 다 잃은 통곡이다

갈 길이 멀어 가야 할 길을 가지 아니하고
가던 자의 포켓에 무거운 낙엽
사리를 넣어
멈추게 하지 못한다

어느 길이든 자기 길이 아닌 길로부터
자유를 얻지 못한 신사 숙녀 여러분까지
말을 하지 못하는 벙어리 사랑이거나
심사숙고함이거나
혹은 보고 듣지 못하는 눈먼 벙어리거나

어찌 되었든 간에 소실이 된 자아들은
운명이 닿는 곳에 뿌려두고
쓴맛을 느끼는 그런 계절
참회만이 넋을 위로하는 숙성된 계절
그렇고 그런 사정이 박복한 계절이다

가슴에 가을 한통 넣어 놨습니다

늦가을 시집이
한권
도착했습니다
그것을 저는 후회
그리움으로 부르지 않고
사랑이라 부르지요

밤에는 종종 별이 뜨고
겨울 같은 싸늘한 바람이
제법 붑니다
그 역시
저는 사랑이라 부릅니다

이제 제법
사랑할만한 가을을
가진 것 같습니다

당신도 이제

시 한편 채울 때가

되지 않았나요

내가 본

가을 한 권을

보냅니다

당신도 이제
시 한편 채울 때가
되지 않았나요

나도 너에게 닿고 싶다

봄바람도 가을바람도 건물 옆 터

뼈대 사이로 들어온다

봄바람 가을바람

나무와 콘크리트 시멘트를 마음 예쁘게

기다리고 기다리다 구름 위에 쉬어가며

사람 등 뒤를 타고 마음으로 올라온다

하늘아 구름아 예쁘게 봐 주거라

나도 너에게 닿고 싶다

나도 높이 올라가고 싶다

나는 언제쯤 그만큼 올라

나도 예뻤구나

나도 괜찮았구나

담소를 나눌 수가 있을까

엘리베이터 타면 하늘에 닿을 수 있을까

혹시나 혹시나

하늘아 구름아 한 번씩 올라오는

나를 생각해주렴

뜬구름

하늘 밑에 남은 빈자리 누워

둥둥 떠다니는 구름마냥 슬그머니 말을 추가합니다

내 달에는 잘되겠지 할 일이 많은데

지나가는 제트구름 툭 치며 기왕이면 지금 잘하지 그래

곧장 비가 됩니다

생각만으로는 구름 같은 것

작고 어디일지 모르나 일단 내려가서 흘러가는 것

그게 제일인 듯 합니다

생각은 흘러가는 거라 배웠습니다

마음은 좁히라 배웠습니다

둘 다 행동하는 거라 배웠습니다

아무래도 뜬구름은 아니겠습니다

생각은 흘러가는 거라 배웠습니다
마음은 좁히라 배웠습니다
둘 다 행동하는 거라 배웠습니다

가을도 지하철을 타나요

덜컹덜컹 육지에서 배 멀미를 다할 어지러운 7시
스물일곱에 사랑했다 말했던 사람이
서른일곱이 되어 전화를 했다
여보세요? 네 오빠 저에요 혜영이, 멀미 탓인가
혹시 맞을지도 모른다는 생각에 어 라고 대답했다
그리고 가급적 빠른 손으로 기억을 뒤져봤다

오랜만이죠 이제야 다 전화를 해요
그래 애들은 잘 크지

확실하지도 않은 처자에게 애들이라는 말로
애 엄마로 만들어버렸다
네 별거 없으시죠
아이 나야 모, 기억에서 손을 땐 마음은
이제야 좀 나은 듯 천연덕을 부린다

그러게 스물일곱에 만나 십년이 지났더라면

분명 안전한 사이
이쯤 되면 초연하게 비 오는 날에 전화가 와도
책잡힐 일이 없고
자동문이 열리고 닫히는 뻐꾸기 시냇물 타는 소리를
부끄러워할 거 없고
우리는 틀림없이 꽤 안전하고 괜찮은 그런 사이라 확신했다

먼 곳에서 전화기를 만지작거리는 소리와 함께
어머 죄송합니다
뚝
황당하게 사람들에게 쓸려 어딘지도 모르게 내리게 되었다
오늘처럼 사람 많은 날이면 지하에도 가을이 들이닥치는구나

언젠가 다시 뻐꾸기가 울 때 나에게 물어본다면
서른일곱 사오정씨 아직 세상 물정을 모르고 사는구나하고
안아줘야지

항상 저기에 있는 것

나는 눈이 좋지 않은데도
늘 사각 어딘가로 정강이가 깨져봐야
내 집을 제대로 본다
그리고 그게 왜 여기에 있는지 물어본다
누가 다녀갔기에 저렇게 세워졌을까
오래 뉘인 책장 사이에 먼지가 없어졌다
아뿔싸
누가 다녀간 것이 틀림이 없다

내 집에서 뒤꿈치를 올리고
발끝을 절룩거리며
오래담긴 촛농을 먼저 살핀다
아 이거 내가 했구나
쓰러진 걸 세우다가
촛농을 다 깨뜨리고
남은 것은 삐죽 나온
압정 같은 모양새

하나가 전부이다

원래 이렇게 끝난 것인가
뺄쭘 고개를 기웃대다가
그럼 그렇지
누가 이 외딴섬에 다녀갔을까
한 쪽을 팔아먹은 발로
뒤뚱거리며
두 칸도 안 되는 방구석을 휘이잉 살피니
어깨 삐죽 나온 옷걸이 자국
혼자 오래 남겨졌음을 알려줬다

오랫동안
혼자 집에 걸려있다 보니
사람 흔적을 까먹은 것일까
몇 번이고 버려야 겠다고 했던
작년 여름 하드 껍데기가

신발장 위에 그대로다

베란다 위에 속 끓다 말라죽은 수국(水菊)이
팔자를 한탄하듯
고개를 숙여 들지 못한다

작년 소개팅에 만난 여인 때문에
멋 부린다고 사놓은 우산은
집에 명판을 대신하고
발이 시려 사놓은 수면양말은
원래 천원이냐고 물어볼 듯
올이 나갔다

이래도 되나 싶을 정도로
쓰다 남은 콘돔은
저게 내건가 싶어 빤히 쳐다본다
버려질 것도

쓰여질 것도
아닌 것들이
하나둘씩 쌓이다 보니

막상 그렇고 그런 것들
내 집안에 식구처럼
제자리를 다 잡았다
아무도 용처를 묻지 않으니
주소지가 돼 버린 잊혀진
입양객

한 칸 한 칸
자기 땅을 만들어 가며
나만 나가면 내 집인 냥
잘들 살겠다

이걸 무어라 부르기는

어렵고

이렇게 불러도 되나

싶지만

항상 저기에 있는 것으로

불러도

문제없는 거 말이다

한 칸 한 칸
자기 땅을 만들어 가며
나만 나가면 내 집인 냥
잘들 살겠다

실은 이랬단 말입니다

데엥 데엥 사찰의 저녁 타종
종이 울릴 때마다 울컥 쏟아지는 화학적 거세
이렇게 찰나구나 무너지는 것이
전율을 일으킬만한 모든 신경들이 타종에 깨졌다
설명하기 어려운
그렇다고 온몸을 부르르 떠는 것을 숨길 수 없는
눈물입니다

뜨거운 것들을 왈칵 쏟는 건 찰나지만
바닥이 아니라 손입니다
훔치는 것으로 하겠습니다
파장의 시초는 바닥이 아니라 마음입니다
마음이 깨지고 흐르는 것입니다

표현이 서툴렀다면 타종을 들으세요

핑글핑글 핑그르르 반짝임이 시작했다
고요했던 북 남방 휘어진 산이 흔들리기 시작하고
아니 되겠어요, 그냥 쏟아내겠습니다
버티고 있던 얼굴이 와르르 무너졌습니다
이제야 좀 살 것 같습니다
실은 이랬단 말입니다

발작하듯 흘러내리는 눈물이 입에 들어갈 때마다
소음은 고요해지고
아무것도 모르면서 아는 체 하지 마세요
원통함이란 이런 것
나 밖에 모르는 것

슬픔은 크기가 문제가 아니라 깊이의 문제입니다

기적의 광야

어느 까마득한 밤에
별이 생을 모아 빛나고
그 별을 닦아내는 이
어디에서 왔는가

늙고 병든 기도가 산을 이루고
강에서 흐르는 물
바다에서 천지를 만든다

운명이 닿으면 바다는 광야처럼 개벽을 하리

어두운 대지를 유일하게 소생하는
저 드넓은 나무 중에 나무

푸른 저 소나무
짙은 심중을 하늘에게 뿜어낸다

아 한 번에 터져 나오는 기적의 광야여
끊임없이 살아있는 성난 물결이여
들에 피는 모든 존재가 순리를 따를지언정
차마 그 목숨 함부로 정하지 못하리요

지금 내린 이 비가 천하를 범람하여
들녘을 적시더라도
천지를 흔드는 광야는
내 절규에 희망이 된다

다시 일어나고
다시 노래하고
다시 흘러가는
불꽃같은 천손天孫에 별들이여

이 빛이 하늘을 뚫고 나오는 날
우리 개벽과 함께 노래하자

소망

벌크로 밀려온 파도의 크기
갓 따온 미역을 무치며
성성하게 달려드는 속도

꽤나 야무지다 한 움큼 먹어 볼래
씨익 재미있다 빤히 바라본 푸른 살결
하늘과 땅 사이에 무엇을 숨겨 놨길래
바닥을 보여주지 않을까

괜찮다 내가 돌아서면
그때 살짝 휘젓고 나와
나의 뒷모습을 보렴

나는 지금 일하러 가고 싶다
내 속을 잔뜩 알아준 너라면
분명 다음엔

어디로 한 움큼 짠 내를

푹푹 찌게 해야 할지를

알아 낼 테니

괜찮다

내가 돌아서면

그때

살짝 휘젓고 나와

나의

뒷모습을 보렴

집은 괜찮습니다 계절에 익을 뿐입니다

한껏 열을 내던 여름이 이제 구체적이다
폭삭 앉아버린 벌건 기왓장 끝엔
이대로 못 살겠다 아우성이고
목까지 차오르는 열기에
건물 한동 한동 근근이 버틴다고
피골이 상접됐다

겨울이면 괜찮겠지 하면
겨울집들이 욕들을 하고
가을집이 괜찮겠지 하면
가을 집은 눈물이 많아진다고
하소연이다

소나기
장마
태풍

장대같은 건달들이
먹성 좋게 덩치 큰 집들도
휘청이게끔 겁을 준다

꽃들이 자글자글한데
굳이 가만히 웃고 있는 집을 건드릴꼬
에라*
다 먹지 못하게 체하도록 해라
한여름 기우가 걱정되어
칠하고
덧칠하고
몇 해를 공들였는데
이름도 거창한 장돌뱅이 출연에
괜한 집들이 칙칙해진다

그깟 태풍쯤이야 통뼈로 지탱하면 끝이라고
기센 내장들로 버텨내려 고요하다

꽃을 간식으로

아이들 웃음소리를

자장가로 들려줄 집집 틈사이로

바람은 안다

곱게 지나가지 못하면

이놈의 소란 소리를

또 들어야 한다고

집들은 언제나 계절을 소화한다

*에라 : (감탄사) 실망의 뜻을 나타낼 때 내는 소리

꽃들이
자글자글한데
굳이
가만히 웃고 있는
집을 건드릴꼬

선택

결국엔 새 생生은 만들었지만
낡은 것이 훨씬 많아졌다
그만 두면 캉캉 살구색 안전한 피오름
그렇다고 죽을 때까지 평타를 유지하는 심정은
쥐죽은듯 깨알 같은 혈액투석

아니다 다를까 다를까 아닐까
먼 구름 보며 이찌 니 싼 가위 바위 보
그래도 다시 원점
이렇게나 어렵습니다
살면서 선택하는 것이

오늘만 금시초문 내일은 조금은 알아지겠지요
그러나 장담은 못하겠습니다
하루에 몇 번이나 손가락을 걸고 한판을 내야합니다
꼼지락도 한 수로 쳐줍니다

그러나 그리하면 무효
선뜻 나서지 못할 것이 분명하다

알았다 알았어 그냥 하던대로
아까맨치로 여기서부터 시작
다음 대표는 진 것부터 슬그머니 내세웁니다
모두 잃을 순 없으니 조금만 잃고
본심은 아껴야겠습니다
그래도 이익은 아닙니다
산다는 건 계속해서 생을 깎아 먹는 것
그리고 곰팡이가 차오르는 것
그래서 중요합니다
하는 것도
하지 않은 것도

천천히 가려면 치명적인 노름은 안됩니다
적게 잃더라도 오래가는 것으로 합니다

다들 그렇습니다

잃고나면 본전 생각 다시 하고 싶겠지만

노자가 있어야 뭘 하든 하겠지요

그러니 살살 아껴가며 이찌 니 싼 가위 바위 보

다음에도 지금처럼 하나만 걸겠습니다

그래도 다시 원점
이렇게나 어렵습니다
살면서 선택하는 것이

가을이 바닥을 만날 때마다

가을바람에 휘이익 쓸어지는 한 조각 미련에
쿵쾅
바닥까지 사랑했노라고 긁어댄 흉진 살갗을 만지며
바닥을 더듬어 댄다

누렇게 뜨거나 갈색으로 딱지가 서거나
그도 아니면 패이거나
가을 바닥에 사랑이 숨어있나 보다
오래 가는걸 보니

후루루 떨어지는 낙엽을 사락 치워보며
너 여기 있지 다 안다는 말을 툭 내 뱉는다

바람이 불고 바닥이 보인다
다시 바람이 불고 바닥을 지운다
불청객

바람이 사락 넘기면 다시 하늘에선 쉬이익하며
낙엽을 떨어뜨린다
아직도 숨어있구나

발끝이 닿을 때마다 매달린 사랑이 내린다
기억이 기억을 만질 때
그리움이 그리움을 만질 때
스윽 가을의 숨결은 스쳐간다

비로소 가을에 만났구나
네가 나를 만지듯 나도 너를 만질 때마다
바닥으로 바람이 인다

서로가 아는 소리 스르륵
바닥을 두고 서로 긁어대는 소리
끝까지
끝까지

기억하리라

바닥에 나뒹구는 낙엽에서 소름 돋는 주문을 외운다
스르륵 사르륵 서로 긁어대는 소리
한때 우린 이 소리를 너무나 사랑한 적이 있다

가을만 닿으면 바닥이 소리 내어
우리 여기 있다
말을 들은 적이 있다

비로소
가을에 만났구나
네가 나를 만지듯
나도 너를 만질 때마다
바닥으로
바람이 인다

겨울 풍경

누가 먹지에 밥알을 흘려놨네
여기 사나운 어둠이 다 앉아있네

깝치지 마라
어둠은 빛을 이길 수 없다
그래도 밥 먹고 살자는 인심의 힘

까불지 마라
암만 못해도 인정이 그래만코럼
야무지지 못하다

오른쪽 빰 틈에 겨울이 얼고 있네
그래서 밥 지어 먹는 겁니다
따따하게

겨울을 온불 삼아
봄을 좀 나렵니다

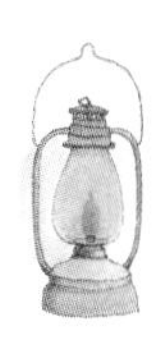

깝치지 마라

어둠은 빛을 이길 수 없다

그럴 수 있다고

하얀 눈이 땅에 소복이 내리면
하얀 눈동자들은 하얀 눈을 따라 함께 소복하게 쌓이며
아, 좋다고 말을 합니다
그리고 금세 아, 춥다는 말을 합니다
그래서 겨울은 자신의 것을 내주면서 끄덕끄덕
말을 합니다

모든 것을 한꺼번에 쏟아 붓지 말라고
사람이 못된 것이 아니라
본능이 이기적이라고
다 쏟아 부으며 금세 제 할 말을 하며
그 순간을 서운하게 한다고

그래서 나 역시 당신을 알아냅니다
당신의 마음은 하얀 겨울이지만
당신은 당신에게 충실할 수 있다고
당신 잘못이 아니라고

그럴 수 있다고

무언가에 너무 미안해하지 말라고
괜찮다고

희망을 기다립니다 바다를 기다립니다

어디서 무슨 바람으로 일렁이든
그 결이 그윽하면 된다
물결이 일렁이는 것에
사연이 많고 사랑이 많아도
포용하는 마음은 이미 던져놓고
기운만 얻어 가면 된다

바다에 한번 올 때마다
곱고 고와져라 잊지 못할 주문으로
다 씻어내고
육지로 등 돌리면 잊지 못할 향기가 되라
그렇게 살아가면 된다
그렇게 힘이 들면 씻어내면 된다

바다도 예쁘지만 너도 예쁘다
바다도 깊지만 사람 너도 오묘하다

사람과 바다 사이 약속은 우리가 아는 것만 해도 수천 년
어찌 약속이 단순할 수 있겠는가

바다가 생각나면 희망을 가지고 오라
그 희망 먼 곳까지 퍼트릴 테니
가져오라
하나하나 다 태워 싣다보니
비밀스러운 파란 물결이 짙어진다
우리의 희망도 짙어진다

종지부

처녀자리 쌍둥이자리 황소자리 오리온자리
시리우스 토끼자리 여우자리 물병자리 양자리
이름도 별나다
그 이름 누가 지어 주었을까

그 이름 마음에 드니
적어도 이천년은 똑같은 이름으로 살아온
기구한 운명

지구가 지어줬니
태양이 붙여줬니

다시 태어나도 그 이름을 살아야하는
지독한 생애
거창할 것도 없다고 비가 오면 제 얼굴을 씻어내듯
하늘이 점지해준 운명을 지우는 처절한 몸부림
그래도 좋단다

네 이름을 의지하며 기도하는
인간을 보면
오만해도 좋다
진실과 불신의 벼랑 끝에서 끝까지 견뎌준
너의 뚝심
나락으로 떨어지지 않는
너의 운명을 인간은
최고의 소원이라 하겠지
생이 끝날 때까지 빤히 쳐다보며 담아내는
너의 빛처럼

부디 용서하시라

오늘도 함부로 주문하는 어느 인간의 입막음을
그리고 함부로 지은 애칭으로
아름다움을 모독했음을

영원한 사랑이라 주홍글씨 쓰고 등에 칼을 놓는

오만한 인간의 마음에 눈물을 흘리는 나의 별자리여

나락으로 떨어져도 잃지 않는

나의 빛

나의 별이여

오만한 인간의
마음에 눈물을 흘리는
나의 별자리여

거친 파도 너는 익어가는 나의 친구

거칠어진 파도에 저 등대는
제법 내 사연과 같고
험한 물살에 휘둘리는 바람은
그래도 괜찮다 안아주는
친구 같은 마음이어라

어둠을 밝히는 별빛은 이정표가 없어도
여긴 나의 품이자 너의 얘기라며
넘실대는 물결 위에 웃어준다
세월은 이 만큼 흘러갔지만
여전히 나의 친구로
나를 고요하게 붙잡아 둔다

마음이 쓰러져서 온 바다엔
언제나 죽지마라 한 소리하는 그대는
여전히 변치 않는
나의 동무다

세월은 이 만큼 흘러갔지만
여전히 나의 친구로
나를 고요하게 붙잡아 둔다

물음표 느낌표 쉼표 하나로

별이 지는 밤입니다 다들 불을 끄고 잠 자세요
라디오 99.999999 헤르츠 파워 없는 FM
고대하는 내일이 오기를
볼이 오동통 살이 오르기를

진행자도 마이크가 꺼지면 채널 99.99999
헤르츠를 찾아 튼다
나머지 0.000001은 부디 내일 맞추자

훤히 밝은 날에 땀 흘리며 생선구이가 올려지고 소시지와
당근 오뎅 오이소박이 무말랭이 꽈리가 틀어진 중간멸치볶음
무나물 된장찌개가 올려진 만찬을 고대하며 그도 아니면
삼각에 컵이면 문제없습니다. 스스로 자만심을 세운 채 따로
실을 낭만은 없이 그대로 아침까지 짐을 풀지 않고 새우잠을
청한 채 살아왔지

오늘 하루도 무사하기를 잠시만 늦으면 짤린줄 아세요

뒷다마 폭언 왕따 노려보기 시선 치워주기
비켜주기 없는 곳에서도 실수로 경직되기
별별걸 업무로 항문이 헐고 헐어 관장하는 날
그래도 어딘가엔 살아질 쉼표 하나가 있겠지
그것만 믿을게
참 아득하게 차려진 우리 백반 먹는 날
안 달고 현금으로 오케이
문제없습니다 라고 말해줄 그 날 점심

어딘가에 있을 평범한 우리 삶

등대

별이 말하는 보물섬을 찾느라 길을 잃은 어둠에 물결
우리는 파도라 한다

비밀을 품은 검은 하늘, 빛을 통해 드러내는 지도
사방이 적막하여 고요 속에 허우적대는 뜨거운 열정
아까 낮에 누가 귓속말을 해주었는가
부서지는 파도 속에 철럭대는 은밀한 소리들

홀로서는 안 되는지 무리들을 하나둘씩 앞세우며
이기심을 드러내는 파도들
저것들 소란에 등대는 오늘밤도 골치 아프다

보화 한 자락을 찾느라 어둠을 안아대고
무섭게 달려드는 속도는 적막을 깨고도 충분하다

서로가 같은 방향으로 속여대며
결국엔 철럭 머리가 깨지면서

산산조각이 나고마는 뿌연 거품들

수천 년 인간이 만들어 놓은 놀이터에
파도 역시 길들었다

말 못할 혼돈의 세월
그래도 반짝이는 별 따라
흘러가고 오기에 허옇게 질려버린 너울을
나는 인연이라 부르련다

그리고 한적한 곳에서 밉지 않게 봐주는 너를
외로운 사랑이라 부르겠다

너를 읽는 밤이면

밉다가도 휙 하고 돌아보면
금세라도 보조개를 문
그믐달 밤

속이 차올라 옥상에 오르면
뉘 집 마음인지
잘록하게 올라오는 수증기에
그믐달은 볼륨감을 가지며
아린
이게 다 내 탓이라는 듯
입술을 앙 물어댄다

이미 심드렁히 돼버린
각 집의 꼭대기마다
누구의 마음 때문인지
열병이 단디* 나있다

별은 멀찌감치 터울 끝과
손 끝에 걸터앉아
녹녹치 않은 사연들을
하나씩 세어본다

전부 떨어져도
그리운 임의 마음은
끝까지 버티어낸다
이래서 달-달 하구나
입버릇처럼 불어오는
11시 밤 줄행랑
다 무너져도
너라는 희망은 가져보자

임이 분 바람처럼
붉은 십자가마다
상흔이 되고

미련이 되고

아직도 거창하게 익지 못한 다짐은
달빛에 조붓하게 비껴댄다
이제 자주 올라 인사도 못할 신세
우아하게 넘어가야 할 장가가는 날
감히 너의 이름을 닮은 별을
손가락으로 콕 집어 서럽게 울어댄다

온 바람이 온 하늘을 뒤집어 씌워도
눈물은 못 훔쳐간다

새 살이 솔솔 다시 부는 밤이면
한결같이 걸터앉은 그 곳에
내 마음이 피어나기를
아무쪼록 내가 없이도 무사하기를
너를 읊는 새벽은

나 이전에 나로

호올로 지켜주기를

별은 멀찌감치 터울 끝과

손 끝에 걸터앉아

녹녹치 않은 사연들을

하나씩 세어본다

*단디: '단단히' 의 방언(경상)

12월이 되면

새 생애를 잃고

낡은 것도 잃고

그래도 다행입니다

아직 둥지는 남아있습니다

모쪼록 도전한다는 건

날개 하나를 접고

하나뿐인 날개라며 내줄 줄 아는

그런 비겁한 용기에도

눈물을 훔치지 않은 담대함

애초에 잃어서는 안 되는 것을

잃어도 유의미하다며 유락으로

웃어제끼는 초연함

그리고 절박한 심장과

폐를 통과하지 못하는 산소에

숨죽이며 숨 참으며
견디는 패착

그러나 그게 전부가 아니라고 믿는
초유에 기 싸움

한판을 놓고 다 걸으면
다 죽습니다
하나만 내놓고 전부라 우기지요
그래도 되는 것이 삶에 놀음판 아닌가요
오늘도 n/1로 하겠습니다

나도 남는 것은 있어야지요
개평은 약간이라도 챙겨주세요

그래도 다행입니다
아직
둥지는 남아있습니다

사랑이란 까닭에
늦은 새벽이
되어야 허기지는 걸
무슨 수로
감당하겠습니까

제3장

보통의 시간에 놓은 귀한 것

세상에 없는 나로 만들려고

밤새 비가 내렸다
밤새 쌓아둔 소재들이
날이 밝자 기운없이 쓰러졌다
아니 땅 속에 녹아든 것이다

비는 이름도 없이 늘 불쑥 나타난다
안아줄 사람도 없는데 내려앉아
몸을 만들려고
산등을 타고 내려와
온몸이 휘어지고 찢어지며
둘러앉을 곳을 찾는다

땅 밑까지 찾아간들
살지도 못할 터인데
깊은 잠을 자고 있는
땅속을 헤집으며
흐느낀다

소리로도 육신을 만들 수가 있구나
생김새도 없이
내가 왔노라
생을 만들어 가는 비처럼

어쩌면 우리네들도 휘어지고 끊어내며
죽을 死자를 꼬아가며
한 생을 만들지도 모른다
아침인데도 온몸이 끊어지듯 아픈 것이
사는 것이다

우리의 시작도 소리로 일어나
몸 없이 파고들어
살길을 찾는 것인지 모른다

비가 땅에 다 녹았다
소리 내어 왔지만 육신을 만들지 못하고

소리로 기억되는 참담한 가엾은 것들
높은 곳의 새들은 그런 것을 알았을까

밤새 남은 잔재들을 찾으러
일찍부터 서둔다
나도 휘어진 몸으로 서둘기 시작한다
비가 죽었으니 내가 소리를 내지른다

우리의 시작도 소리로 일어나
몸 없이 파고들어
살길을 찾는 것인지 모른다

우리 서로 마주보는 나무였더라

우리 만남은
만나면 안됐어
하면서도
가만히 보니
우리는 서로 마주보며
서있는 나무였더라

꽃이나 풀이면
시간이 많지 않을 터
우린 나무니
그냥 죽어가는 그날까지
사랑하자

서로 좋을 때마다
열매를 맺고
가지에 꽃이 필 때 까지

바라보며

그리 나무가 되자

가만히 보니

우리는 서로 마주보며

서있는 나무였더라

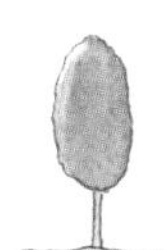
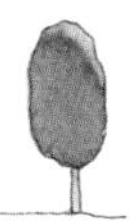

오늘 하루만 그냥 더 지나가겠습니다

네? 네 알겠습니다 얼굴이 뜨겁고 붉어지면서
아닌 척 태연하게
감사합니다
선율이 새파랗게 변해 얼굴을 달구는데
나는 아무렇지 않단다

극도의 놀람 오만 황당 충격
얼굴 안색이 변한 것이 아니라 인생이 바뀐 것이다

쌓여진 문장이 와르르
네네 알겠습니다 이 한마디에
수백 개의 언어가 조합될 수도 있구나

덧붙일 것도 더 뺄 것도 없이
그냥 거기서 멈춘 듯 멀쩡하지만 휘청
제대로 서있지 못하겠습니다
그래도 정신 줄잡고 마른 입술에 침을 묻히며

억지로 삼켜댄다
이렇게 내 입술이 달콤했나
그래도 이건 너무 놀랍잖아 합격이라니요
한동안 또 침묵

생각, 고요, 아직도 정신을 못 차렸다
사고 중에 가장 아름다운 사고
기뻐 어쩔 줄을 모르는 멍 때림

나는 인생이 바뀌었다는 소식에 기괴한 표정으로
닳고 닳은 가슴을 부여잡고 진정을 해간다

며칠 몇 밤을 용龍과 영靈사이로 옮겨갔더니
붉은 하늘도 검은 하늘로 경계 없이
하나의 무상무념
나는 지금 일단 좀 더 살아져야 겠습니다

지금 달이 뜨면 얼굴 좀 보자는 것입니다

밤 11시
지금은 달이 가장 높게 뜨는 시간
지켜보면 매일인데 명절 때만 기웃거리는 별것들
초라하다 다들 하나 밑에서 사는데
뭔 정신으로 살기에
모이는 것이 이리도 힘들까
다들 어디가고
자리를 지키는 건 요고
빛나는 흰눈* 뿐이다

서릿발 차가운 칼날 같은 어둠에서도
꿋꿋하게 서있는 님과 함께
소금은 소금대로
염장은 염장대로 잘들 논다

반나절을 태양빛에 비켜주고 제시간에 찾아와도
스스로 얼굴을 씻지 않으면

누군가의 눈물 세례로 억울하게 닦인다
달빛은 홀로 서있지만
아래 것들은 여기저기 사람 타령하며 쏘다닌다, 가엾은 것들
시대를 통곡하다 시들어지면 여기서 눈물 찔끔
일 년 넘게 얼굴을 보자고 닦아 놨더니
다들 침 튀기며 넋두리만 한다

해를 바꾸고 날을 바꿔도 모르는 인간들
나만 보면 지랄들이다
인고의 세월 빈 들을 지키는 건 나뿐이고 다들 떠나
제 있을 꽃자리
제 있을 삶자리
하나 못 찾는 얼치기들

말라 부서지기 전에 몸을 기울며 안녕
또 사라진다 엘레강스 별것들

*흰눈: 소금

기억된 장부들

밤을 새우며 주문했던 얄궂은 기도
내일이 크리스마스이브
쪽잠을 자며 쓰고 외웠던 깜둥이 연습장
용수철이 풀어지면 합격하겠습니다

정해진 것도 아닌데 청춘의 시간이 새까맣게 깜지가 되면
머릿속은 백지가 된다

잘 살아보자 입술을 꽉 깨무는 순간
생각나는 한 문장
내가 쓰고 있는 문장들은 누구를 위해 채워지고 있는가
백지를 채우지만
어디에서도 그대로 써본 적이 없는 경험의 족보들
사용될 일도 없는 것에 지불하고
쓰고 외우고 채워 넣은 여하튼 대단했던 시절

나를 더럽혔던 문장들을 생각하면

몹쓸게도 배알이 꼬인다

아직도 장부에 선명하게 달아져 있다

어쩌면 영영 받아내지도 못하겠지만

내가 쓰고 있는

문장들은

누구를 위해

채워지고 있는가

무분별한 도돌이표

나의 태어남은
아주 시적인 자세
이 시간을 묶어두기 위해
함께 외로움을, 장臟마다
처절함을 심어놓고
고독이 죽어갈 때마다
나는 충격 먹은 한방으로
말하자면
나는 아직도 멀었다는 거다

열심히 취하고
노력이 죄가 되어
소환한 죄 값들
저 지저분한 것과 분란함은
내가 빙빙 돌려 말한 소란들이다

돌팔이 같은
저 지겨운 것들을
떠난 평온함이
어느 부분만 전전긍긍하고
어느 부분에는 무분별한
나는 베토벤의 운명 교향곡으로 만들어질 도돌이표
차라리 나를 끓여 알프스에 식혀 주어라
남은 잿더미는 옥상에서 내려온 화분에 넣어 두어라

그리고
옥상에 키워놓은 달빛도 잘 봐주어라

남은 잿더미는
옥상에서 내려온 화분에
넣어 두어라

미안합니다 더 못했습니다

나는 가끔 짜냅니다
이놈의 종기

이놈의 종기
그때부터 나는 부아를 쥐고
가끔씩 화를 냅니다
분명 짜내지 않으면 안 될 것을
그렇게 참지도 못합니다

놀 때 놀았어야 하는데
쉴 때 쉬었어야 하는데

아무것도 하지 않은
그저 절박한 상태로
멍석에게 부채질을 하는
고작
그게 나였습니다

더 죽을 뻔할 걸
더 열심이 죽을 뻔을 찾을 걸
더 심오히 파고들어 간절하게 찾아낼 걸
그때 놓은 그 심산이 어디에서 부끄러워
쇠주잔을 들고 취했을지 몰라도
만나면 귓방망이라도 날려버릴걸

벌컥 숨도 차버리고
꿀꺽 침도 삼켜버리고
오만간 정을 다 차버려도
더 할걸
환한 약속은 과거로 들어갑니다

플랑크톤이 다 타면 바다는 왜 흑색이 되는 걸까

그리할게요 그리할 거예요 그러려고 했어요
사랑이 주는 자만自慢은 파도에 밀린 모래알처럼 좀 꺼끌하지만
되새기면 그때는 참으로 선명한 흑백 사진이었다

이제는 파도 따위는 기대하지 않을래요
다 거품이니까
물론 모래알 따위는 밟지도 않을 겁니다
아프기만 하니까
믿지 않는 마음은 깎이고 닳을 만큼 무던해졌다

그냥 사랑한다고하면 안 될까요
죽을만큼 사랑한다고, 포장하는 건 좋지만
굳이 넓고 깊은 바다에서
보라고 말하는 것은 교만인 것 같아요

사랑은 인간의 의지를 시험 삼지만

인간은 파도가 내는 현혹에 빠질 생각이 없다
그렇게 소란하게 한바탕 밀리고 빠지다보면 죽을 것 같지만
죽지 않을 만큼 헛헛한 얕은 해안가에
이미 꺼내간 빈 조개껍데기
다리 하나 잘린 꽃게와 같은 신세로 질퍽한 뻘 속에 남은 우리
여기서 자주 애썼다고 흔적만 남긴다

가슴 뭉클하게 살아야 한다

반짝임에 연연하지 않는 별과 같이
이름에 연연하지 않는 꽃과 같이
욕심이라는 숫자에 연연하지 않은
어둠같이
가슴 뭉클하게 살아야
향기 넘치게 살아진단다
못생겼지만 예쁜
어둠마냥

가슴 뭉클하게 살아야
향기 넘치게 살아진단다

당신이 그리워 라면 세 개 끓여 먹었습니다

이 고요한 허기짐
이 밤에도 물어물어 찾아지는
사랑이 있습니다
힘 좀 쓰면 다 찾아지더이다

뭐 간단한 뉴에이지 틀어지면
어디에서도 우르르 쏟아질 것 같습니다
내 사랑은 빈털터리 허기짐인가요

힘든 상황에서도 서로 영양을 나눠주듯
허기짐의 이유는 그리움이었나 봅니다
유기적 관계
나는 왜 하필 사랑을 밥으로 표현 하냐면
배고파서 그렇습니다

사랑이란 까닭에
늦은 새벽이 되어야 허기지는 걸

무슨 수로 감당하겠습니까

힘들어도 오고 괴로워도 오고
알알이 빽빽하게 차오릅니다
고약하게도 많이 먹어도 살찌지 않는데
아침이면 라면 서너 개씩
국물까지 뚝딱 비운 것처럼
퉁퉁 부어있습니다

한마디로 또
지랄 맞은 풍년입니다

컴컴한 밤에 발자국소리는
어찌나 요란한지
처녀 애기씨 뾰족 구두마냥
순박한 총각 가슴에
콕콕 찍어 바르고 간답니다

그러니 무슨 수로 풍년을 막아대겠습니까

情도 참 요상하게 쉽게 자랍니다
금방이라도 일어서 주섬주섬 찾아 해먹을 것 같더니만
금방 쪼그라들어 눅눅하게 든든해졌습니다

그리움에 허기짐
이것만은 작자의 마음대로 되지 않나 봅니다
이는 임을 생각하다 쓸쓸하게 등을 굽힙니다
그래서 밤에 짓는 농사꾼은 허리가 굽은 모양입니다

이 고요한 허기짐
이 밤에도 물어물어 찾아지는
사랑이 있습니다

내 집은 달님 정거장

비가 오고 비가 가고
달이 뜨고 달이 저물고
별이 나고 별이 사라지고
나는 자주 하늘에
외딴섬
검은 망루를 쳐다본다

비가 오든 달이 뜨든
별이 있든 별일 없든
니가 무슨 상관인데
푸념을 어여쁘게 받아주며
출렁이는 버스 안에서
바짝 곁에 앉아
암도* 없으면 서운하니까

비가 오나 눈이 오나
별이 뜨나 달이 지나

확인하고 또 내리면
온다간다 기별도 없이
후다닥 제 집을 들어갈까

비가 오나 눈이 오나
별이 뜨나 별이 가나
후다닥
벨을 누르기 전까지
와르르 쏟아지는
사이로
몰래 하늘을 엿본다

북적북적한
버스 안에
와르르 쏟아지고
우르르 몰려와
달이 찬 반대 방향에

철퍼덕 앉아

희이잉

눈알을 덮어댄다

다음은

달님 정거장

별님들이 왕왕 많이 타기를

*암도: 아무도, 전라북도 방언

밸을 누르기 전까지

와르르 쏟아지는

사이로

몰래 하늘을 엿본다

내 언어는 감기 중

흔들흔들 후달렸다 장사진처럼 꽉 막아 놓은 가슴이
후들후들 아무도 쉬이 침범하지 못하도록 막아놨지만
사소한 바람은 자존심에 닿아 버렸다 약자가 돼 버렸다
잔뜩 가려놓고 올려놓아도 한순간의 틈이
와르르 무너지게 하고
비웃듯 누군가의 손은 이미 가슴에 들어왔다

밖은 영하 20도 체감기온 영하 50도
믿겨지지 않겠지만 틀림없는 사실이다
날 좀 구해 달라 마음이 생각에게 연신 신호를 보낸다
당장 누구라도 나를 좀 녹여 달라 하고픈 심정이다
독감에 걸린 냥 덮어줄 솜이불이 필요했다
대책 없이 폐부 깊이까지 들어와 두들기는 공포
앓다 죽을 수도 있겠다

누구 손이라도 붙잡을 심사
이리 죽으면 개죽음이다

흰 국화라도 받으려면 알리고 안겨야 한다는 절박함
목구멍까지 차오르는 부들부들 가련한 심지
한마디도 할 수 없는 열기
한번 들이키면 달궈진 뜨거운 열기는
결국 열꽃이 피고 만다

나는 또 들이 킬 것이다 또 훅 뱉어버릴 것이다
닳고 잃은 아픔이 있는 가슴 안에
또 예쁜 풍경을 넣고 한동안 살아 낼 것이다

날 좀 구해 달라 마음이
생각에게 연신 신호를 보낸다

언제 이처럼 또 처절하게

괜한 말로 상처 준 마음들 미안해라
미안하고 또 미안해서 잠을 못 잔다

잠이 안 오는 밤
나를 보며 흘리는 눈물
미안해라
마음들

어여쁜 떡잎이 되라고
봉숭아 물들듯 묶어주었는데
괜한 욕만 봤다

괜찮다
괜찮지 않은 무능하고 위험한 도시생활
무능이 죄가 되고
죄가 다시 무능이 되는 형량에서
이 세상 너를 품고 있는

모든 바람들
미안하고 미안해라

한번쯤 후려치며 미워할 수 없는 채찍질
너만 철저한 시적詩的 고백이냐

눈물 쪼로로 쪼로로
무지한 내게도 은총이 있기를

미안하고 또 미안해서
잠을 못 잔다

보통의 시간에 놓은 귀한 것

유난히도 맑은 날 푸른 시야
보통이라고 말하지도 아닐지도 모른 처연한 감사평
곱게 뉘인 구름에 눈알을 굴려 멈추기를 바랐던
가지런하게 뻗은 갈비 뼈 사이로
이렇게 등장해서 누워 본적이 언제인가 싶었다

산도 나무도 풀도 꽃도
저기 꼬부랑 할머니도
적당히 흘러가며 평정을 준다

누운 자리에서 왼쪽으로 고개를 돌려보니
고요하게 풀이 자라고 안자란 척
선線이 되어 정지가 된 상태

하늘이 하늘이라면
너는 풍요 가득한 행복이란다

눈시울도 없는데 무아지경에 빠진
깊고 파란 속사정 동공 안에
너를 담아두면 가을이라 하겠지
시간이 흘러 네가 나를 찾으면
나를 추억이라 하겠지

하늘이 하늘이라면
너는 풍요 가득한 행복이란다

당신에게 반했습니다는 말

당신에게 반했습니다는 말은
이제 옛말이 되었다
홀로 의자에 앉은 사람이 없으니
먼발치에서 달빛 쬐인 거리
그림자가 지나가는 것을 보고
샤프심을 흔들며 시 한편 내놓으면
그게 사랑이 된다

사각사각
사랑이 떨어지는 소리에
눈을 감는다
아직도 사랑이 매달려 있을까

눈이 멀어지는 순간
마음에서 멀어지는 순간
나는 골목 귀퉁이를
따라가 흔적을 다 그려낸다

그대가 나를 받아주지 않았지만
나는 그대의 마음을 이해합니다

개뿔!
종이를 긁어대는 소리와 같다

내손을 가로챈 사람
컴컴한 어둠에도 마음이 있어
글을 쓸 수 있구나

아
그랬구나, 그랬어

그 사람의 흔적이 무수히 생겨나지만
나는 일일이 다 받아내지 못한다
그러나 수확은 있다
오늘 나의 커피는 공짜였다

7번 출구는 아직입니다

어떤 균열도 어떤 징후도 없는 반복적인 외출
불안함을 배설하기 위해 온갖 묘사를 머릿속에 담아둔
짙은 회색의 출발
아무도 문턱을 넘어가는 것을 허락하지 않았는데
오직 피조물이 그랬다며
창백하게 닦아놓은 가슴은
이미 도시 한가운데로 들어섰다

긴장감도 태워주지 않는
좌석 없는 지하철
불안한 로드뷰는
그대로 날선 칼로 가슴에 새겨둔다

심장이 쿵쾅될 때마다
있는 힘껏 바닥에 두발로 묶어두고
짧은 호흡으로 거세게 불안함을 닦아낸다
7번 출구로 가면된다

주문을 열두어 번 외울 무렵
시나리오에 없던 생각들이 쏟아지며
얼굴을 허옇게 질리게 한다

가서 안 되면 진술을 거부할까
준비된 진술서만 서너 장
그중에 입에서 나오는 발표는
__ 10분 늦겠습니다
__ 7번 출구는 아직 입니다
등진 자동문에 내릴 곳은 예닐곱 장
지하에서 출렁이며 표류하고 있다

심장이 죽으면 끝난 것으로 알아라
오늘이 마지막 맥박이듯
달라붙은 두근거림은
가파른 계단을 뛰어올라가듯
헐떡거린다

안 되면 짧게 가자

땅 위가 보이지 않는 땅굴에서
벌써 작전사령부는 몇 번이나
지어졌다
사라졌다
기계적인 삶에서 처음 나온 땅 위는
눈부시도록 긴 호흡을 만든다

우리 동네에서는 느껴지지 않는 눈부신 외출
휴지 한 칸 없는 빛바랜 양복바지 안에서
몇 달 전 닦고 빼지 못한
긴장의 사체들이 묻어있다

오늘 진술이 다 끝나면
집에 가서 라면이나 끓여 먹어야지
이제 막 나간 7번 출구

헤드라이트는 없고
혼란 속에 정체된 작은 발을 가진 거인이
첫걸음을 떼 낸다

아 7번 출구는 아직입니다

기계적인 삶에서
처음 나온 땅 위는
눈부시도록
긴 호흡을 만든다

집

세상을 예쁘게 살려면
마음을 꽃처럼 예쁘게 먹으면
된다고 하지만
세상을 편안하게 살려면
바람처럼 가볍게 살면
된다고 하지만
그걸 모두 지킬 수 있으려면
어떻게 해야 할까요

나는 예전부터 그리 생각해요
예쁜 마음도
예쁜 생각도
지키려면
집이 필요해요

바람에도 맞지 않고
비에도 젖지 않으며

사람들 시선에
걸리지 않는
집이라고 생각을 해요

예쁜 꽃은
나비를 시켜
길을 물으면 되고
맛있는 열매는
벌에게 부탁을 하면
되지만

내가 있는 편안한 집은
사람과 사람 사이에
흘러드는
마음 편한
곳이었으면 좋겠어요

겨울 하루
사는 게 어렵다는 매화를
위로하고
바보같이 한숨 쉬는 바람에도
괜찮다고 말해주는 사랑 가득한
집이야말로
쉽게 상처받지 않는
제일 공간이라고 생각해요

그런 예쁜 집은
내가 먼저
알아봤으면 좋겠어요

아끼던 내 작은
추억들이
좋아서 쉴 수 있는
그런 집이었으면 좋겠어요

아끼던 내 작은
추억들이
좋아서 쉴 수 있는
그런 집이었으면
좋겠어요

그대는 꽃이다 불꽃이다

흐느적거린다고 부슬부슬하다고
외로워 말라
적어도 꽃보다는 아름다운 삶이 아닌가

울지 마라
아리지 마라
주저하지 마라
누구에게든 뜯길 수 있는 불안함보다는
내가 놓지 않으면 꺾이지 않을 그대가 있어 참 좋다

그대는 꽃이고
그대 삶도 꽃이다
불꽃이다
어디든 무엇이든
영원히 불을 지를 수 있는 불꽃이다

외로워 말라
적어도
꽃보다는 아름다운
삶이 아닌가

그대 없는 봄

그대 이름을 발견했을 때와 발견하기 전
내게 찾아온 봄은 사기였군요
으레 햇살이 가볍게 올라 앉아있으면
봄비라도 뿌려야 하지 않겠냐며 으름장 부리던 내 마음이
헛기침을 하고 실토를 했습니다
제가 좀 바보였습니다

사랑이 있는 봄과 사랑 없는 봄
이제야 명백하게 선을 긋고 알겠습니다
말로는 봄이지만
가슴으로는 온도가 맞지 않는
봄빛이지만 어딘가 쌀쌀맞은
입술이 전혀 촉촉하지 않은
대충 그 정도로도 설명이 되는
그대 없는 봄은

밤새 튀밥을 부둥켜안고

돈 되지 않는 케이블에서 튼
오래된 로맨스를 보며 터져 나오는
소박한 허풍이었습니다

제가 좀 바보였습니다

우린 서로 따뜻하게 놓아주는 법을 배웠다

언제부터인가
11시가 넘어가면 문자 한통 없이
슬그머니 넘어간 적이 있었다
물어보면 내가 자고 있을까봐
방해하지 않으려고
했다고만 했다
그런데 우리에게 지난 2년은
밤이 없던 걸로 기억한다
새벽이면 외롭지 말라고 마지막까지
누가 질세라 안부문자를 밀어놓곤 했다

그랬다 우린 서로 기다렸고
그 기다림에 사랑보다는 배려라는
감정이 생겼던 것이다

그리고 배려의 화살표는 언제부터인가
상대방이 아니라 내게로 돌려져 있었다

무언가 이유가 있을 거라는 거창한 배려에서
언제까지 나만 이라는 합리적인 이유가 들었던 것이다
그해 2년의 겨울 우린 서로
춥지 않을 정로로 놓아주는 배려를 배운 것이다

그 기다림에
사랑보다는
배려라는 감정이
생겼던 것이다

별의 각주

별을 꺾어 화분에 심으면 우주가 자라날까
빛을 훔쳐 화분에 심으면 물기 없는 흙속에도
꽃은 피우고 별은 죽을지도 모른다

락스같은 독한 마음이 밤하늘 닦으며 생각해낸 일
염치없어라
지금까지 살아있게 해 준 덕이 누구 때문인데

끓는 물에 별을 떼어 담그면 빛이 우러나올까
희망 기다림 기도 사랑을 모두 우려내 한잔 마셔 볼까
씨익 다정하게 바라보고 흉한 생각을 하는 나는
별을 사랑할 자격이 없다

집에서 부르는 소리, 네하고 들어가니
크게 숨을 내뿜으며 살았다는 소리
매순간 쟤는 왜 저리 왔다갔다하는 걸까
희망을 잡아주며 죽은 사랑을 살려주었는데 하는 말마다

꿈도 사랑도 악 놓치게 하는 소리
푸념이나 지독한 의지라고 해도 저런 마음이라면
차라리 내일은 뜨지 않을까

내가 다녀오면 메시지를 볼 수 있게 각주를 뿌린다
미안했구나
사는 것도 죽는 것도 참 가슴 아픈 일

희망 기다림 기도
사랑을 모두 우려내
한잔 마셔 볼까

한 번씩 더 살아진다는 것이

나는 분명 죽은 적이 있다
그리고 죽지 않고 태어난 적도 있다
아마도 습관처럼 죽고 태어남을 반복한적 있다
아주 신경질이 돋을 때마다 부르르 치를 떨며
흐릿하게 죽었다고 생각하고 태어난 순간
판타지에 그려렸으려니 했었을 거다

매번 그런 적은 없지만
또 매번 그러지 않았다고 호언할 수 없다
죽고 남을 번번이 기억하기도 어려웠을 테니까
그리고 죽기 전에 기억은 숫자로 남겨지지 않으니까
아마도 흐릿하게 죽고 싶었던 것이다

일어나서 얼굴을 희번덕하게 보면
밤새 죽겠다고 죽었을 거라고 했던
얼굴치고는 너무나 말끔하게 태어났으니 말이다

그게 너무 싫었고 그게 너무 좋았다

죽지도 못할 거면서 태어났다고 생각한 단조로움이
뺄건 사망도 뺄건 출생도 아닌
거대한 생에 한 조각 들고
희번덕거리며 살아있는 나를 보면서
한 번씩 더 살아진다는 것이

습관처럼 죽고
태어남을
반복한적 있다

내 이름은 민애였습니다

너무 깊이 보면 베일 것 같아
손 위로 올려놓고
시도하다 상처를 입었다
아니 있는지도 모르다가
아픈 것을 알고 나서야 다쳤구나

너무 늦은 거

언제 어디서나 슬쩍하니 보이기만 해도
베이는 건 아무것도 아니었다
물론 기억나지도 않는다

아마도 당신이 늦는다 싶을 때부터
계속 베이기 시작했는지도 모르지

언제 베이고 언제 쓸렸는지도 모른 채로
또 지각이나 했었구나

늦게 알은 마음을 빤히 바라보는 거
그러다 신경을 놓칠까봐 조바심을 내는 거

미안하지만 사랑은
좀 안다싶으면 지각을 한다는 거

왜 이렇게 되었는지도 모른 채
매일같이 베이고 쓸려서
자기 전 살살 문질러준 기억의 연고 같았다

상처를 지웠다 나았다
어느 것을 선택하든 바뀌는 것은 없고
금세 잊혀져야 사는 거

아마도 네가 있다면
잊혀지는 상처는 아물지도 않은 채
버릇이 되어가겠지

손 위에 상처라는 건 말이야

있으나 마나 어차피 나아지겠지

그리고 네 생각도 언젠가는 지워지겠지

이 생각에도 기한은 없겠지만

네가 있다면
상처는 아물지도 않은 채
버릇이 되어가겠지

오늘을 위하여 건배

반의어 동의어 이런 거 모른다
일단 오늘을 뛰어넘으려는 나를 붙잡고 살아야한다
정히 죽으려면 오늘 말고 내일 뛰세요
어쩌면 버티는 것도 멋진 꿈입니다

늦은 인사는 있어도 빠른 인사는 없습니다
오랜만입니다 아침에 보고 저녁에 또 봅니다
잘 살았다는 것이다

하루하루 죽음을 꿈꾸는 사람입니다
제가 지금을 막 사는 건가요?
좋소, 그 생각은 일단 내일로 하고
오늘은 버티는 걸로 합시다
그게 좋겠네요

잘 살고 싶다는 것은 오늘 잘 지내고 싶다는 말
수식어는 필요 없고 진행형만 있으면 생애는 문제없다

저로 살아가는 가치가 아닙니다
오늘 내가 있는 가치를 소중히 합니다

오늘을 위하여 건배

잘 살고 싶다는 것은
오늘 잘 지내고 싶다는 말

우린 서로 따뜻하게 놓아주는 법을 배웠다

초판인쇄 2021년 07월 22일
초판발행 2021년 07월 30일

지은이 전우주
발행인 조현수
펴낸곳 도서출판 프로방스
마케팅 최관호
IT 마케팅 조용재
디자인 디렉터 오종국 Design CREO

ADD 경기도 고양시 일산동구 백석2동 1301-2
넥스빌오피스텔 704호
전화 031-925-5366~7
팩스 031-925-5368
이메일 provence70@naver.com
등록번호 제2016-000126호
등록 2016년 06월 23일

정가 15,000원
ISBN 979-11-6480-144-2 03810